KB106861

김견 동시집

기러기
가족

신세림출판사

자서 _ 김견

동심에로의 회귀

그 어떤 유혹에도 쉬 흔들리지 않는다 해서 '불혹'이라 했을 것이지만, 불혹의 나이에 내가 겨우 동시 따위에 혹해버릴 줄은 미처 몰랐다. 따지고 보면 동시가 아닌 동심에 혹한 것이었지만.

마흔두 살에 예기치 못한 '사고'를 쳐놓고 책임을 진답시고 팔자에도 없는 결혼을 서둘러 하고, 결혼 3개월 만에 떡돌 같은 아들놈까지 태어나면서 급작스레 가중해진 심신의 부담을 떨어버리려고 술에 절어 살던 무렵이었다.

핏덩이 같던 녀석이 옹알이하며 발발 기어다니는가 싶더니 어느덧 걸음마 타기 시작하고, 내가 만취해 들어가면 아빠! 하고 되똥되똥 달려와 안기며 의사표현을 하느라 종알거리고, 날이 갈수록 징그럽다 할 만큼 흑백사진 속 내 몰골을 쏙 빼닮아가는 양이 하 신기해서 자꾸 들여다보게 되고, 내게 야단 맞으면 서럽게 울며 지어미 품속을 파고들다가도 돌아서면 언제 그랬던 가 싶게 아빠, 아빠, 하며 해죽거리고, 운신이 불편한 나를 전혀 꺼리는 기색 없이 지어미 보고 "아빠가 세상에서 제일 멋져!" 하며 엄지를 내들더라는 소리를 들으면서 눈물겹도록 고맙고 미안해지고….

그러던 어느 날 문득 저토록 티 없이 맑은 동심이 내게도 분명 있었을 텐데, 언제 사라져버렸지? 하는 의문이 생겨났다. 내 안을 슬며시 들여다보았더니 보였다. 갖은 잡념과 망상들 사이로 세파에 찌들고 주눅 든 창백한 얼굴의 아이가 오도카니 앉아 있는 모습이 보였다.

"안녕, 아직… 있었구나…."

느닷없는 나의 출현에 뜨악한 표정으로 말끄러미 나를 쳐다보더니 이내 두 눈에 생기를 띠며 해맑게 웃어주는 아이… 조만간 내가 찾아올 줄 알고 있었다는 눈빛이었다.

장장 30여 년만의 해후였다. 어린 시절엔 느닷없이 찾아온 병마와의 항쟁에 시달려 미처 들여다볼 경황이 없었고, 장성해서는 생업을 영위한답시고 까맣게 잊고 살다가 그렇게 불쑥 나타난 나를 싫은 소리 한 번 않고 순순히 받아주어서 얼마나 고맙던지….

그날부터였다. 내 안의 그놈과 아들녀석이 시도 때도 없이 속살거리는 소리들에 '시달려' 나는 즐거운 고

민에 쌓였고, 원망스럽고 추한 것들만 보이던 세상 구석구석에서 아름답고 활기찬 모습들이 하나, 둘 눈에 띄기 시작하더니 짓궂게 흩날리는 눈송이가 하얀 별로, 비 온 뒤 총총 돋아난 버섯들이 철모 쓴 장병들로, 백두산 천지가 냉면 한 그릇으로, 국화꽃 피어나는 차 주전자로 보이기 시작했던 것이다….

동심이란 거짓 없고 순수한 인간 태초의 참된 마음이라고 들었다. 그 말대로라면 동심을 잃는다는 것은 곧 참된 마음을 잃는다는 얘기가 되는데, 한 인간에게 동심, 즉 참된 마음을 잃는 것보다 더 큰 상실이 뭐가 있을까 싶다. 그런데 그 소중한 것을 언제 어디서 잃어버렸는지조차 모른 채 덤덤히 살아가고 있는 우리가 아니던가….

인생이란 어쩌면 동심에서 출발하여 긴 여행 끝에 동심에로 회귀하는 여정이 아닐까 싶다. 그래서 "사람이 늙으면 애가 된다"는 설도 노쇠(老衰)현상이라기보다는 살면서 단맛 쓴맛 다 보고 난 뒤에 비로소 동심의 소중함을 터득하고, 남들이야 뭐라 하든 뒤늦게나마 마음 편히 살다 가려는 노회(老獪)함 또는 만사휴의(萬事休矣)의 심태에서 비롯된 게 아닐까 하는 생각도 해본다.

현대의학에서 말하는 노인성치매질환의 경우도 그렇다. 방관자 입장에선 글쎄 안타깝고 마음 아픈 일일

수도 있겠지만, 환자 입장에서 보면 그야말로 하늘의 은총을 입은 게 아닐까 싶다. 사는 동안의 온갖 잡다한 기억들을 고스란히 간직하고 있노라니 좀 힘들겠는가? 그 숱한 기억들을 짊어진 채 마음이 편할 수 있겠는가 말이다. 그래서 그 기억들을 말끔히 비워내고 백지상태 - 순수한 인간 태초의 상태 - 동심으로 되돌려놓는 것, 그보다 더 큰 축복이 또 어디 있을까….

동심을 빙자하여 망령이니, 치매니 하며 너무 장황해졌는지 모르겠다. 어쨌거나, 뒤늦게나마 동심을 찾아서 거기에 푹 빠져 사는 나는 분명 축복 받은 인간임에 틀림없다. 세상을 좀 더 단순하게, 쉽게 살 수 있어서 너무 다행이다.

어른들이야 시시비비로 아웅다웅하거나 말거나 한쪽 구석에서 세상모르고 지 장난에만 몰두해있는 개구쟁이 아들놈처럼, 그러다 간혹 근사해 보이는 '작품'이다 싶으면 쫑드르르 들고 가서 어른들께 '자랑'도 하면서 그렇게 살련다.

- 2017.8.27.

연길에서 김 견 씀

차례

김견 동시집

기러기 가족

제1부

기러기 가족

고국지도

엄마, 우리 엄마
곤히 낮잠 드신 모습

근데 엄마,
우리 엄마…

엄마는 왜
잠잘 때도 허리띠
동여매야 해?

비구름

저 구름들도 아마
이산가족인가 봐요.

만나기만 하면
얼싸안고 눈물 줄줄…

때로는 하늘이 떠나갈 듯
대성통곡, 몸부림쳐요.

버섯

간밤에 우르릉
천둥비행기
하늘을 메우더니

낙하산 부대
투하했나?

솔밭에, 버들방천에,
계곡마다에

철모 쓴 장병들
쫘악 깔렸네.

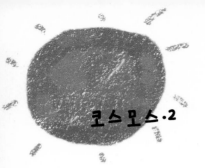

코스모스·2

누가 누가
잡아다 놓았지?

천만 마리
저 칠색나비떼를…

천만 오리 파란
색실에 매여

풀어달라 아우성
저 나비들…

기러기 가족(동요)

기럭기럭 저 기러기
왜 그렇게 슬피 우니

기약 없는 기다림에
목만 점점 길어졌네.

외기러기 아빠 엄마
우린 언제 같이 사니

하염없이 기다리다
기러기잠 들고 마네.

암 걸린 아빠, 엄마

몇 해 전만 해도 난
우리 집 왕이었는데…

엄마 아빠 모두
나밖에 없다고 했는데…

그놈이 나타난 뒤로
보릿자루신세 돼버린 나

내가 뭐라 하면 건성건성,
들었는지 말았는지 하다가도

그놈 보채는 소리만 들리면
허겁지겁, 키득키득, 히히호호…

휴~ 대책 없는 아빠 엄마!
폰암 걸린 아빠 엄마!!

거울

오른손을 왼손이라 하고
왼발을 오른발이라 우기기에
거짓말쟁이인 줄 알았는데

하나면 하나, 둘이면 둘
고우면 곱다, 미우면 밉다
곧이곧대로 말하는 거울

우리하고는 맨날
정직하고 반듯한
사람이 되어야 한다면서

하나를 둘이라 하고
미운 사람도 곱다고
발라맞추는 어른들보다
훨씬 믿음직하다.

펭귄

남극 아닌
플랫폼에서

조수 아닌
인파를 마주하고
옹기종기 모여서서

엄마는 누구일까,
아빠는 어디 있나?

갸웃거리는
저 펭귄들…

24

우리 집 인출기

우리 집 인출기는
둘도 없는 변덕쟁이!

백점 맞은 날엔 손만 내밀면
백 원짜리도 슬슬 잘만 내주다가

90점 맞으면 께적께적 간신히
잔돈 몇 장 뱉어내고

간혹 낙제라도
맞는 날이면

아무리 조르고
끈덕지게 기다려도
입 한번 뻥긋 안 해요!

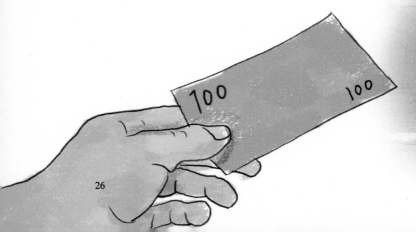

백두 냉면

굽이굽이 백두산비탈에
하얗게 널린 사스레국수

펄펄 끓는 온천수에
저 국수 삶아내어

콸콸 쏟는 폭포수에
휘휘 헹궈 식혀내고

천지 맑은 육수에
훌훌 말아

저 달이 익거들랑
반으로 곱게 잘라 넣고…

백두의 겨울

하늘 가득 들국화
널어 말렸던 모양

일진한풍에 휩쓸려온
하얀 꽃보라

천지 맑은 주전자 속에서
송이송이 피어납니다…

쪼르륵~ 쪼르륵~
찻물 따르는 소리에

백두할아버지
어험~
몸을 뒤척입니다.

떡국

설날 아침,
동글납작 하얀 해
동동 떠있는 국그릇

난 배불리 먹고도
자꾸 먹고 싶은데

아빠 엄만 하나, 둘
헤아리며 드시고

할아버지 할머닌
후유~ 후유~
국물만 불어 드시네.

제일 만만한 귀

종래로 누구 말에
귀 기울일 줄
모르는 아빠지만

엄마랑 내가 귓가에
속삭이는 말이라면

뭐든지 곰상곰상
다 들어주는 아빠

목마 탈 때는 뛰뛰빵빵
손잡이로도 안성맞춤인

우리 집에서
제일 만만한
아빠 귀

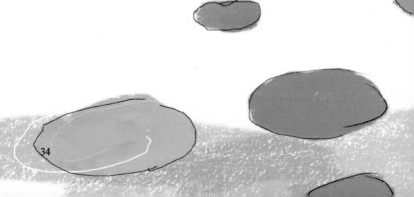

제2부

봄그림

봄그림

겨울의 끝자락
하얀 한지에

봄아씨 신들린 듯
그림을 그립니다.

비스듬히 휘리릭
붓 날린 자리엔

실개천 조잘조잘
노래 부르고

큰 붓으로 쓱쓱
쓿고 간 자리는

파릇파릇 연두빛
산과 들입니다.

똑똑똑, 툭툭
붓방아 찧나 싶더니

버들개지 멍멍,
얼룩까치 깍깍

붓든 채 한참을
뜸들이나 싶더니

빨강, 노랑 물감을
듬뿍 찍어 듭니다.
……

과수원

가을하늘 푸르청청
만국기 팔랑팔랑

만국선수들 올망졸망
종주먹 부르쥐고

누가 빨리 크나,
누가 곱게 익나

한판승부 벌이는
올림픽 과일선발대회

진달래

진달래 꽃가지가
분홍빛 팝콘을
톡톡
터칩니다.

마실 나온
바람아줌마
솔솔
봄풀무 돌리는데

지나가던 봄아이
엄마 심부름도
잊은 채

오도카니 서서
꼴깍~
군침을 삼킵니다.

개나리

지구에 소풍 왔다가
밤새도록 놀다 지쳐

까무룩 잠든 사이
아차, 그만 날 밝았네.

엄마, 우리
집에 갈래요~

별아이들의
노오란 울음보

45

민들레

겨울 내내 땅속에 숨어
해엄마 젖 먹고 자랐나

엄마 모습 쏙 빼닮은
눈부신 아기해님들

냇가며 산비탈, 들판에서
생글생글…

포도

밤 내내 주절주절
이야기소리 들려오나 싶더니

처마 밑 포도넝쿨에
이야기송이 주렁주렁

톡, 한 알
따먹어 보니

새콤한
견우직녀 이야기

톡, 한 알
따먹어 보니

달콤한
백설공주 이야기
......

해바라기

잰 또 무슨 잘못
저질렀기에

그 큰 머리
푹 떨군 채

해종일 벌만
서고 있담?

해바라기씨

봄바람이 들려주던
해와 달의 전설부터

귀뚜라미 주절대던
호랑이 담배 필 적 이야기

가을 낙엽 시부적거리던
천방야담까지

알알이 주워 담아
탱글탱글 영근 해바라기씨

저녁나절 울 할머니
토닥토닥 볶아 내놓자

온집 식구 모여앉아
깍깍, 까가각

집안 가득 풍기는
구수한 이야기 냄새…

단풍

시월은 해할아버지
만수대잔치 있는 달

손에 손에 노란 청첩장,
빨간 부조봉투 든 하객들

가을공항 가득 몰려 있네요.

54

코스모스·1

간지잘잘 땡볕간지럼
여름 내내 잘만 참더니

고추잠자리 소근소근
속삭이는 소리에

마침내 터뜨렸네
캐득캐득 색동웃음을…

제3부

호랑나비

겨울나무

지붕도, 벽도 없는
겨울나무집에

먼 북쪽나라
지휘가 찾아왔네.

긴 머리 풀어헤친 지휘
온몸 뒤틀며 지휘봉 흔들자

첼로, 바이올린, 칠현금,
하프 연주가들의 신명 나는
오케스트라 연주 시작되고

참새합창단 짹~ 짹~
까치오페라 깍~ 깍~
고운 목청 뽐내네.

잠자리

반들반들 까까머리
소금쟁이 동냥승

일 년 만에 또 왔네,
망사가사 눈부시네.

소금 동냥 열심이더니
돈깨나 번 모양…

동네방네 푸룽푸룽
잘난 척 고만하고

돈 좀 아꼈다가
겨울 날 준비나 해두렴.

얄미운 거미

엄마 아빠 얼굴엔
거미 한 마리
숨어 산대요.

내가 애먹일 때마다
거미줄 가득 쳐놓고
살금 사라지기에

고부고분 말 잘 듣고
예쁜 짓만 했더니

아이코,
이를 어떡해?!

활짝 웃으시는
엄마 아빠 얼굴에

더 많은 거미줄 쳐놓고
살금 사라지는
얄미운 거미!!

65

파리

타고난
비렁뱅이인가

동네방네 앵앵
쉰밥 좀 주세요~

손발 싹싹
비벼대는 동안

한 세상
다 살았네.

검정나비

무도야회에 초대받았니?
까만 연미복 쪽 빼입었네.

내 옷 봐라, 한들한들~
춤바람 났다, 한들한들~

호랑나비

호랑이가 부러웠니?
호랑이 닮다 말았네.

호랑이인 척 흘랑흘랑
으스대고 다녀도

길 피하는 이
하나 없는 걸.

수탉

어뜩새벽,
홰에 오른
수탉이

꼭!
깨워~

빨간 아침 한 알
토해냅니다.

제4부

아침 안개

달

내 동생은
못 말리는 먹보

조각달 보면
바나나 먹겠다
칭얼칭얼

반달이 뜨면
멜론 내놓으라
생떼질

보름달 보면
피자 먹겠다고
성화래요.

밤호수

아까 낮에 비바람에
휩쓸려간 개나리꽃잎들

잔잔한 밤호수에
별이 되어 반짝반짝…

낚싯줄 길게 늘인
밤낚시 아저씨

물에 빠진 저 별들
구해주시려나 봐.

눈·1

별이
내립니다

하얀 별들이
놀러 옵니다.

어찌나
먼 길인지

오는 동안 머리가
하얗게 세었습니다.

눈썹까지 하얗게
세었습니다.

눈·2

바람에 흘러
우주까지 따라갔던
민들레아이들

놀다 지쳐
내려옵니다.

엄마한테 야단맞을까
숨죽인 채 가만가만
내려옵니다.

시냇물

시냇물은 왜
돌~ 돌~ 돌~
흐르는 걸까?

돌~ 돌~
돌밭 위를
흐르기 때문이지.

돌밭 위를
걷다 보면
발 아플 텐데…

피해 갈 수
없을 바에야

돌~ 돌~
노래하며
흐르는 게 낫겠지.

이슬

간밤에 상아아씨
진주바구니 떨어뜨렸나?

나뭇잎이며 풀잎, 거미줄에
맑은 구슬 조롱조롱…

부지런한 저 농부도
구슬 주어 꿰시려나 봐

손이며 이마, 등허리까지
송글송글 구슬투성이…

아침안개

너울너울 허리까지
하얀 너울 포옥 쓰고

산아씨 시집간다.
사뿐사뿐 시집간다.

눈가에 맺힌 이슬
행여 누가 볼까봐

발그레 상기된 얼굴
누구한테 들킬까봐

하얀 너울 포옥 쓰고
너울너울 시집간다.

하늘동물원

밤새 누가
그려 놓았지?

파란 도화지에
하얀 동물원

백마는 유유히
풀을 뜯고

북극곰 뚱기뚱기
눈사람 만들고

백조는 도고히
호수에서 노니는데

우리 집 흰둥이
시샘난 건가?

흰 꼬리 달싹이며
그림 보고 멍멍!

은하수의 전설

하늘아줌마 추석 준비로
경황없던 날

동글납작 노란 파전
겨우 하나 붙여놓고

시원한 막걸리
움에서 내오다가

아차, 그만
엎지른 항아리…

막걸리 철철 흘러
은하수 되었네.

엉터리이발사

겨울바람은
엉터리이발사

이발기로 윙윙
닥치는 대로
밀어버리더니

산아이며 들꼬마들 졸지에
까까머리 돼버렸어요.

그러고도 성차지 않아
비누거품까지 듬뿍 칠해놓는데…

이크, 이를 어떡해!
면도질까지 하려나 봐요.

제5부

만능박사

개학 첫날

개학 첫날
교실 안 가득
송이송이 피었습니다,

행복한
해바라기웃음꽃이.

교단 위에도
방실방실 피었습니다,

반가운
해님미소가.

흑판

까만 하늘에서
김소월, 윤동주, 한용운…
시인들의 이름이
하늘하늘 떨어지더니
이윽고
하얀 구구단과
수학공식들이
포실포실 날려 내립니다.
이번엔
환웅 단군 세종 인종…
진시황 류방 손중산
모택동 등소평…

큰별 되신 분들이
하얗게 내려옵니다….
까만 하늘은
만능선생님인가 봅니다.

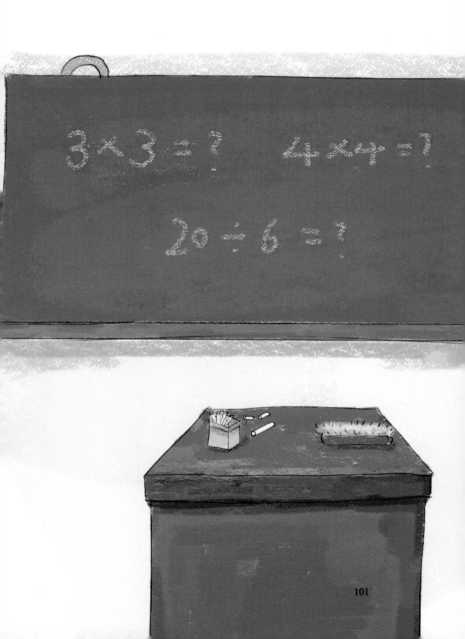

만능박사

배고프다 하면
맛있는 거 뚝딱
만들어주고

잠 못 이룰 때면
자장가 자장자장
소르르 잠들게 하고

배 아플 때면
엄마 손 약손~

만져만 줘도
거짓말 같이
아프지 않네.

우리말은 물론
한어말 동화책까지
막힘없이 술술 읽어주는…

우리 엄마는
틀림없는 만능박사!

1등 미인

미인선발 프로라면
빼놓지 않고 보는 아빠…

눈 씻고 봐도 엄마보다
예쁜 미인은 없건만

침 흐르는 줄도 모르고
들여다보는 아빠가 야속타.

엄마가 저기 나가면
무조건 1등 할 텐데…

애

내가 너무 애먹여서,
애물단지여서

애라고 부른다고
아빠가 그러셨다.

그런데… 툭하면 엄마한테
야단맞는 아빠를 보면

아빠도 가끔은 엄마를
애먹이는 모양

그런 걸 봐선 아빠도
덩치만 클 뿐

아직은 나 같은
애인갑다.

죽겠다

하릴없으면
심심해 죽겠다~

배고프면
배고파 죽겠다~

배부르면
배불러 죽겠다~

속상하면
속상해 죽겠다~

좋으면
좋아 죽겠다~
……

하고많은 말 중에
왜 하필 죽겠다인지...

참 나,
우스워 죽겠네~

봄바람 콘서트

팬들의 환호성 속에
막 올린 봄바람 콘서트

장옷 꽁꽁 여민 채
눈만 빼꼼 내놓고 얌전히
구경하던 꽃망울팬들…

공연이 절정으로 치닫자
장옷 활짝 열어젖힌 채

키스 쪽~쪽 날리며
외치는 앵콜 성화로

아롱다롱 꽃물결에 휩싸인
화려한 봄날의 콘서트!

111

감기

독감 걸려
학교 못 간 날

할아버지 할머니,
이모랑 외삼촌까지

사탕, 과자며 과일이랑
한 꾸러미씩 들고 오셨어요.

콜록콜록 잔기침에
콧물 줄줄, 열은 펄펄…

그 와중에도 난
웃음주머니 흔들흔들…

고마워,
감기야~

뭘까요?

볼 수도 만질 수도 없는데
좋건 싫건 먹어야 하고

나는 먹을수록
키만 쑥쑥 커서 좋은데

엄마 아빤 갈수록
두루뭉술해지고

할아버지 할머닌
흰머리에 주름살만
늘어서 싫다 하시는데.

살

난 해마다 겨우
한 살씩 먹어 가는데

어른들은 뱃살에
주름살도 모자라
넉살까지…

어른 되기
겁나요~

김견 작가의 동시 50편을 읽고

이시환(시인/문학평론가)

바글대는 싱싱한 동심

– 김견 시인의 동시집 『기러기가족』을 읽고

한석윤

김견 작가의 동시 50편을 읽고

이시환(시인/문학평론가)

나는 중국 조선족 출신으로 연길에서 활동하는 김견
(金堅 : 1971 ~   )이라는 작가를 잘 알지는 못한다. 그가
시(詩)와 동시(童詩)를 습작하고 소설(小說)을 습작하면
서 문학작품도 틈틈이 번역(飜譯)해왔다는, 그래서 소수
민족문학상을 받았다는 사실 외에는 거의 아는 게 없
다. 다만, 지금 그를 이해할 수 있는 단서가 되는 그의
동시 50편을 내 손에 쥐고 있다는 것뿐이다.

솔직히 말해, 나는 그의 동시들을 읽으면서 새삼스럽
게 많은 생각을 했다. '동시는 무엇이며, 과연 무엇이어
야 하는가?'에 대해서 말이다. 며칠 고민한 나의 결론인
즉 이러하다. 곧, 동시를 누가 쓰든지 간에 그것은 아이
들의 눈에 비추어진 세상과 세계를 시(詩)로써 표현한
것이어야 한다는 사실이다. 물론, 여기서 시란 단순 사
실 기술이 아닌 개인의 정서를 적극적으로 반영한 언
어이어야 하고, 함축적인 비유어이어야 하며, 동시에

리듬을 타는 음악적인 언어이어야 한다는 상식적 수준
에서 이해해 주었으면 한다. 간단히 말해, 시는 시로되
아이들의 눈에 비추어진 세상을 노래하고, 아이들의
눈에 비추어진 세계를 탐색하는 함축적 · 비유적 · 음
악적인 언어이자 그릇이라는 것이 나의 판단이다. 여
기서 세상(世上)이란 외피(外皮)로서 잘 보이는 겉모습이
라 한다면, 세계(世界)는 속모습으로서 겉모습을 존재하
게 하는, 잘 보이지 않는 대상들 간의 관계(關係) · 질서
(秩序) · 인과(因果) 등이 된다. 물론, 겉과 속 모습을 인
지(認知)하는 과정에서 표현의 주체나, 그가 염두에 두
고 있는, 그래서 관찰해 온, 동시의 주 독자가 되는 아
이들의 관심 · 기호 · 욕구 · 행동양식 · 심리적 경향 등
다양한 요소들이 직간접으로 반영되게 마련이다.

　나는 동시에 대한 이런 주관적인 편견(?)을 갖고서
그의 동시를 읽고 또 읽어 보았다. 그 결과, 나는 한 가
지 사실을 체감했다. 그것은 그에게 예상 밖의 남성적
인 호기(浩氣)가 있다는 점이다. 작품 「백두냉면」 「봄 그
림」 등이 그 증거라 할 수 있는데, 그의 호기는 세상을
넓게 보고, 대상들의 관계를 시원스럽고도 빠르게 통
찰하며, 자신의 반응과 마음을 애써 숨기거나 속이려
들지 않는다는 특징을 띤다. 바로 이것이 그에게 있음
으로 해서, 그는 당면한 현실세계를 외면하지 않고 직

시(直視)하며, 그 결과를 거침없이 표현하되 문학적 수사(修辭)를 활용하여 재미와 익살과 기지 등을 발휘한다. 바로 이 부분이 그가 발전할 수 있는, 긍정적인 측면에서의 창작 에너지원이 될 줄로 믿는다.

> 엄마, 우리 엄마
> 곤히 낮잠 드신 모습
>
> 근데 엄마,
> 우리 엄마…
>
> 엄마는 왜
> 잠잘 때도 허리띠
> 동여매야 해?

- 작품 「고국지도」 전문

위 작품은 남북으로 분단되어 있는 상황에 놓인 한반도 지도상의 모양새를 '자면서도 허리띠를 졸라매는 어머니'로 빗대어 놓았다. 그러니까, 한반도 지도를 혹은 한반도 지형을 어머니로 의인화시켜 부르면서 '왜, 자면서도 허리띠를 동여 매야 하는가?' 묻고 있는 것이다. 그럼으로써 아무런 문제의식 없이 살아가는 한반도 사

람들에게 새삼 분단의 아픔과 현실을 환기시켜 주고
있다.

> 저 구름들도 아마
> 이산가족인가 봐요.
>
> 만나기만 하면
> 얼싸안고 눈물 줄줄…
>
> 때로는 하늘이 떠나갈 듯
> 대성통곡, 몸부림쳐요.
>
> - 작품 「비구름」 전문

　위 작품은 구름과 구름이 합쳐지면서 천둥 번개 치는
자연현상을 통해서 이산가족 상봉 시에나 보게 되는,
눈물바다 되고 울음바다가 되는 그 역사적인 현장으로
빗대어 놓았을 뿐 가타부타 시시비비를 가리지는 않았
다. 현실적 상황을 환기시켜 주는 것만으로도, 문제 상
황의 심각성을 누구나 알아차릴 수 있기 때문이다.

> 간밤에 우르릉
> 천둥비행기

하늘을 메우더니

낙하산 부대
투하했나?

솔밭에, 버들방천에,
계곡마다에

철모 쓴 장병들
쫘악 깔렸네.

　　　　　　- 작품 「버섯」 전문

　위 작품은 천둥번개 치며 비가 많이 내린 뒤에 심심산천 이곳저곳에서 버섯이 자라나는 자연현상을 목격하고서, 천둥 번개 치는 하늘의 구름을 굉음 내는 전투기로, 구름과 비를 낙하산부대로, 버섯을 철모 쓴 장병으로 각각 연계시켜 사유한, 다시 말해, 원관념을 유사성이 있는 보조관념들로 빗대어 표현한 것으로 기지(機智)가 엿보인다.

　이처럼 그의 동시는 비겁하게 현실을 외면하지 않으며, 자신만이 투사(鬪士)인 양 주의·주장을 원색적으로

늘어놓지도 않는다. 감정은 통제되고 있고, 나의 아픔
보다는 우리의 아픔을 먼저 생각한다. 이러한 경향이
다 그의 겉보기와 다른 호기에서 비롯된다고 나는 판
단한다.

기럭기럭 저 기러기
왜 그렇게 슬피 우니?

기약 없는 기다림에
목만 점점 길어졌네.

외기러기 아빠 엄마
우린 언제 같이 사니?

하염없이 기다리다
기러기잠 들고 마네.

- 작품「기러기 가족」전문

위 작품은 가족이 함께 살지 못하고 뿔뿔이 흩어진
채 하염없이 기다려야 하는, 현재의 중국 내 조선족사
회의 가정마다 당면한 슬픈 사연을, 아니, 새로운 형태
의 이산가족의 아픔을 노래한 것이다. 더 구체적으로

말하자면, 한국과의 교류로 시작된 물신주의가 집집마다 사람마다 팽배해지면서 너도 나도 할 것 없이 오로지 돈을 벌기 위해서 멀리 대도시로, 혹은 해외로 나가게 되면서 가정 구성원 간의 헤어짐이 장기화 되고, 경우에 따라서는 가정파탄을 초래하는 비극적인 이산의 아픔을 너무나 조용하게 노래하고 있다. 소리 없이 우는 이에게 감춰진 눈물 속에 내장된 폭풍을 끝내 덮어둘 것인가. 비록, 일 년에 한 번 볼까 말까하는 부부를 두고 '기러기부부'라는 생소한 말로 부른지 오래되었는데 이제는 아무렇지도 않게 받아들이고 있는 것을 보면 그런 현실이 당연시 되는 것은 아닐까 우려스럽기까지 하다.

나는 김견 작가의 동시 50편 속에 들어있는 이 4편만으로도 읽을 만한 가치가 충분하다고 생각한다. 물론, 이들 말고도 더 있지만 일상이 전개되는 현실이 자극이 되어 일렁이는 시인의 정서적 반응이 객관화 되어 이 정도로 나올 수 있다는 것만으로도 나는 그의 문학적 역량을 높이 사고 싶다. 부디, 희망을 잃지 말기 바라며, 지금 당장은 누군가에 의해서 묶여 있지만 꿈을 포기하지 않는 한 언젠가는 칠색 나비 떼가 되어 자유롭게 창공을 날아오를 것이다(작품 「코스모스 · 2」), 시인의 꿈처럼.

-2017. 08. 23.

바글대는 싱싱한 동심

- 김견 시인의 동시집 『기러기가족』을 읽고

한석윤

    김견 시인의 『기러기가족』을 받아 읽고 동시집 속에서 바글대는 싱싱한 동심에 혀를 차며 나도 그 속에 빠져들어 아이들과 함께 그 즐거움을 만끽하였다.

    불혹의 나이에 뒤늦게 동시단에 들어서서 시를 쓰기 시작한 작가가 어쩌면 이렇게 동심들이 팔짝거리는 좋은 동시들을 써낼 수 있었던 걸까?

    그것은 시인 자신이 동심에 푹 빠져 사는 사람이었기 때문에 가능했을 것이다. 시인이 '자서(自序)'에서 말했듯 비탄 속에서 모대기며 살던 시인은 순결하고 순박한 동심 속에서 자기 인생의 정도를 찾고 그런 동심에 빠져들다 보니 동시를 찾게 되었고, 그런 동시를 찾다 보니 동심 속에 더 빠져들고 인생의 정도도 더 확고히 하였다고 한다.

    동시는 어린이의 눈과 어린이의 마음과 어린이의 언어로 써낸 시인 만큼 동심을 떠나서는 동시를 운운할

수 없다. 동시 창작에는 많은 기교들이 있겠지만, 그
중에서 가장 중요한 것이 '동심(童心)'이다.

　김견 시인의 동시들이 독자를 끌어들이는 매력은 어
린이다운 이런 천진하고 순결한 마음과 기발하고 싱싱
한 상상으로 시를 빚어낸 데 있다.

　　재 또 무슨 잘못
　　저질렀기에

　　그 큰 머리
　　푹 떨군 채

　　해종일 벌만
　　서고 있담?

　　-「해바라기」 전문

　아이들은 잘못투성이들이다. 잘못투성이 속에서 성
장하는 게 아이들이다. 그런 잘못투성이 아이들이기에
아이들의 눈에는 얼마 전까지 해님 같은 꽃을 피워 들
고 우쭐거리던 해바라기가 고개를 푹 떨구고 있는 것
은 자기들처럼 무슨 잘못을 저질러서 그러는 것으로
비쳐들 수 있는 것이다. 얼마나 단순하면서도 순박하

고 기발한 상상력인가? 거기에는 잘못을 저지른 해바라기에 대한 따스한 연민의 정까지 스며있어 우리 가슴을 밝게 해준다.

누가 누가
잡아다 놓았지?

천만 마리
저 칠색나비떼를

천만 오리 파란
색실에 매어

풀어달라 아우성
저 나비들…

-「코스모스 2」전문

오늘날 어린이들의 현실을 눈뿌리 빼는 한 폭의 유화처럼 그려낸 동시이다. 지금 현실이 그렇지 아니한가. 아롱다롱한 나비떼처럼 아름다운 꿈으로 아롱진 어린이들의 칠색동년이 교육이라는 곱게 포장된 색실에 꽁꽁 동여매어있고, 거기서 벗어나보겠다고 발버둥

치고 있는 어린이들… 오늘날 우리의 교육 현황을 동심의 눈으로 폭로한 가작(佳作)이 아닐 수 없다.

이 동시집에는 이런 유형의 동시들이 많이 보인다. 「암 걸린 아빠 엄마」도 그런 동시이다. 오늘날 우리 사회는 물질문명의 비약적인 발전과는 반비례로 이 세상을 살아감에 있어서 가장 소중한 인성은 급속도로 메말라가고 있다. 인간의 최고 사랑이라 하던 자식사랑까지 핸드폰에 좀먹고 있는 현실이 아니던가. 아이들의 울부짖음이 눈물겹다.

> 진달래 꽃가지가
> 분홍빛 팝콘을
> 톡톡
> 터칩니다.
>
> 마실 나온
> 바람아줌마
> 솔솔
> 봄풀무 돌리는데
>
> 지나가던 봄아이
> 엄마 심부름도
> 잊은 채

오도카니 서서

꼴깍~

군침을 삼킵니다.

- 「진달래」 전문

　여태 진달래를 노래한 시를 수십 편 읽어보았지만,
진달래가 피어나는 모습을 팝콘 터지는 것으로 형상화
한 시는 처음이다. 정말 어린이다운 상상력이라 하겠
다. 톡톡 튀어나고 있는 팝콘, 그것도 분홍빛으로 곱게
물든 팝콘이니 얼마나 먹고 싶겠는가. 봄아이가 엄마
심부름도 잊은 채 꼴깍 군침을 삼킬 만도 할 것이다.
이 동시를 살린 "분홍빛 팝콘"이라든가 "봄폴무"와 같
은 비유는 싱싱하고 재미난 동심적 상상이어서 어린이
들을 감동시키기에 충분하다.

　이밖에 이 동시집에는 독자들의 주목을 끄는 동시가
몇 수 있다. 한반도 분단의 아픔을 다룬 동시가 그것이
다. 분단 문제는 반도 남북에 갈라져 살고 있는 사람들
은 물론, 세계각지에 산재해있는 우리 민족 구성원들
모두의 관심사이다. 중화인민공화국 공민으로 살고 있
는 조선족도 예외가 아니다. 그것은 반도는 우리 조상
님들이 살던 고향땅이고 우리들의 몸속에 같은 피가
흐르고 있기 때문이다.

동시 「고국지도」를 보자. 이 동시에서는 허리띠를 동여매고 낮잠 드신 엄마의 모습에서까지 분단의 아픔을 떠올리는 시인의 절절한 심정을 토로하고 있다. 고국을 엄마로 의인화하고 분단을 졸라맨 허리띠에 비유한 이 동시를 읽으면서 우리는 깊은 자괴감을 느끼지 않을 수 없다.

동시 「비구름」은 분단의 아픔을 다루고 있다. 시인은 매번 눈물바다, 울음바다로 되어버리고 마는 이산가족 상봉의 모습을 구름과 구름이 마주치며 번개가 치고 우레 울고 비가 쏟아지는 자연현상에 비유하면서 그 밑바닥에 우리 민족 전체 구성원들의 한결같은 통일의 염원을 담고 있다.

특히 눈길을 끄는 것은 동시 「버섯」이다.

간밤에 우르릉
천둥비행기
하늘을 메우더니

낙하산 부대
투하했나?

솔밭에, 버들방천에
계곡마다에

철모 쓴 장병들

쫘악 깔렸네.

-「버섯」전문

시인은 비 온 뒤 솔밭에, 버들방천에, 계곡마다에 돋아난 버섯들을 철모 쓴 장병들로 의인화하고 있다. 정말 어린이다운 깜찍한 상상이 아닐 수 없다.

그러나 정작 내 가슴을 섬뜩하게 자극했던 것은 이 동시에 펼쳐진 정경이 일촉즉발의 반도 현황을 생생하게 떠올렸다는 점이다. 지금 우리 민족은 물론, 세계의 모든 정직한 사람들은 어느 순간에 터질지 모르는 반도의 전쟁위기 때문에 조마조마한 가슴을 어루만지며 나날을 보내고 있지 않은가! 한 수의 짧은 동시에 화약 내 팍팍 풍기는 반도의 현 정세를 이렇게 생생하게 그려냈다는 것이 참으로 놀랍다. 언제면 반도 남북에 평화가 깃들고 민족의 가슴속에 핏덩이로 엉겨 붙은 통일의 염원이 이룩될 것인지…

이밖에도 이 동시집에는 「개나리」, 「단풍」, 「눈」, 「흑판」, 「감기」 등과 같은 좋은 동시들이 많지만, 여기에서 일일이 거론하지 못한다.

아무튼, 김견 시인은 불혹의 나이가 되어서야 동시단에 들어섰지만, 정말 좋은 동시들로 우리 시단에 광

채를 더해주었다. 축하의 박수를 보낼 만한 일이다.

　나는 김견 시인이 앞으로도 계속 동심에 묻혀 살면서 어린이다운 눈과 어린이다운 마음과 어린이들의 언어로 동시를 쓰면서 예술적 기량을 한층 더 높인다면 지금보다 더욱 훌륭한 동시들을 창작해내리라는 것을 믿어 의심치 않는다. 그 날을 기대하면서 이만 줄인다.

- 2017. 12. 8

김견 동시집

기러기 가족

초판인쇄　2018년 01월 20일　**초판발행**　2018년 01월 25일

지은이　**김 견**
펴낸이　**이혜숙**　　펴낸곳　**신세림출판사**
등록일　**1991년 12월 24일 제2-1298호**

04559 서울특별시 중구 창경궁로 6, 702호(충무로5가, 부성빌딩)
전화 **02-2264-1972**　팩스 **02-2264-1973**
E-mail : shinselim72@hanmail.net

정가 **13,000원**

ISBN　978-89-5800-192-8, 03810